AF451830

CINQUANTENAIRE LITTÉRAIRE

DE

VENCESLAS GASZTOWTT

VENCESLAS GASZTOWTT
(22 Décembre 1911)

CINQUANTENAIRE LITTÉRAIRE

DE

VENCESLAS GASZTOWTT

(1861—1911)

PARIS

IMPRIMERIE POLYGLOTTE A. REIFF. — HEYMANN
3, rue du Four, 3

1912

L'occasion du cinquantenaire de la première œuvre publiée par V. Gasztowtt, en 1861, ses anciens camarades et ses anciens élèves de l'Ecole Polonaise ont pris l'initiative de la célébration de cet anniversaire, et ont offert au solennisant une médaille en or dont on trouvera plus loin la reproduction. La remise de cette médaille a été faite solennellement le 22 décembre 1911 dans une cérémonie dont le *Bulletin Polonais* rend compte en ces termes :

« Le vendredi 22 décembre a eu lieu rue Lamandé, 15, l'émouvante cérémonie de la remise à V. Gasztowtt, à l'occasion de son cinquantenaire littéraire, d'une médaille d'or commémorative qui lui a été offerte par ses anciens camarades et ses anciens élèves de l'Ecole Polonaise. Devant une assemblée nombreuse, nos camarades L. Malinowski, E. Pożerski et A. Budzyński, ainsi que le secrétaire de la commission, A. Rybiński, ont adressé de cordiales félicitations au solennisant qui a répondu en paroles émues, en reportant sur ses collaborateurs la plus grande partie de l'honneur et du mérite de son œuvre patriotique plutôt encore que littéraire, qu'il a caractérisée par ces mots : « Nous avons fait ce que nous avons pu ». L'abbé Tański a répondu à notre camarade par une allocution en polonais où il a montré l'importance de cette œuvre trop modestement appréciée, d'après lui, par l'orateur précédent. Après quelques paroles de M. Parmentier qui a dit les sympathies des professeurs de Chaptal pour leur ancien collègue, notre camarade B. Pluciński-Dutertre a lu dans la traduction française de V. Gasztowtt le *Concert de Jankiel*. La soirée s'est terminée par des toasts, parmi lesquels nous citons celui d'Ed. Pożerski à madame Gasztowtt et à madame Bouic qui ont partagé et partagent encore les joies et les tristesses et aussi les travaux de notre camarade. Les assistants, auxquels s'étaient joints les plus grands élèves de l'Ecole, ont chanté l'hymne national avant de se séparer. »

On lira plus loin les discours de L. Malinowski, d'Ed. Pożerski et d'A. Budzyński.

* * *

La *Société Littéraire et Artistique Polonaise de Paris*, sur l'initiative de son dévoué secrétaire Venceslas Gąsiorowski, a ensuite organisé, en l'honneur de notre camarade, un banquet qui a eu lieu le 28 janvier 1912 et dont nous empruntons aussi le compte rendu au *Bulletin* :

« La Société Littéraire et Artistique Polonaise de Paris a célébré, par un banquet, le CINQUANTENAIRE LITTÉRAIRE de notre camarade Venceslas GASZTOWTT. La plupart des Sociétés polonaises de Paris avaient envoyé des représentants.

« M. Chełmiński, vice-président de la Société, exprima en une vibrante allocution l'admiration de tous pour l'œuvre de notre camarade. M. Korwin-Milewski, membre du Conseil de l'Empire de Saint-Pétersbourg, voulant être compris de tous les convives, prit la parole en français. En quelques mots pleins d'éloquence il retraça la situation actuelle de la Pologne vis-à-vis de ses oppresseurs. Ces derniers, ne pouvant abattre l'âme immortelle de notre pays, ont adopté une nouvelle tactique. Ils veulent faire disparaître notre histoire passée. La seule façon de la défendre est de montrer à l'Europe que nous existons tous, en travaillant, en écrivant et en luttant. Or, Gasztowtt depuis cinquante ans se trouve sur la brèche; il s'est montré ainsi un bon citoyen polonais.

« Les paroles du conseiller de l'Empire, couvertes d'applaudissements, furent suivies par le Chant national Polonais exécuté par l'orchestre. M. Bienaimé, au nom des convives français, exprima ensuite l'éternelle sympathie qui existe entre les deux nations sœurs, la France et la Pologne. Ses paroles furent suivies de la *Marseillaise*.

« De nombreux orateurs, entre autres, A. Budzyński, Marius Leblond, C. Woźnicki, Heyne, Szawklis, Pstrokoński, Pożerski, prirent la parole au nom de la Société des étudiants polonais *Kolo*, de la Société des Artistes Polonais, des gymnastes polonais *Sokół*, etc., etc.

« Tous rendirent hommage à notre infatigable camarade.

« V. Gasztowtt retraça en quelques mots sa vie littéraire et rendit hommage à ceux qui l'avaient encouragé à ses débuts, entre autres, J. Rustejko, son professeur de polonais, Léon Biliński, Séverin Goszczyński, alors bibliothécaire à l'École Polonaise, St. Malinowski, S. Gałęzowski, Eustache Januszkiewicz, Nicolas Kamieński et Bohdan Zaleski, en leur reportant l'honneur des travaux accomplis grâce à eux et sous leur inspiration. On procéda ensuite à la lecture de plus de cent dépêches et lettres envoyées par les nombreux admirateurs de notre camarade et provenant de toutes les parties de la Pologne et de toutes les Sociétés littéraires polonaises.

« A l'issue de ce banquet qui avait réuni plus de cinquante convives, V. Gasztowtt fut nommé par acclamation Membre d'honneur de la Société Littéraire et Artistique Polonaise de Paris. Il est le quatrième Membre d'honneur ; les trois premiers étant les trois illustrations de la littérature et de l'art polonais : H. Sienkiewicz, Brandt et J. Paderewski.

« *P. S.* — Notre camarade Gasztowtt nous charge d'adresser en son nom ses chaleureux remerciements aux initiateurs et aux organisateurs de cette fête et à tous ceux qui y ont pris part soit par leur présence, soit par des lettres ou télégrammes. »

Nous donnons les discours de M. Chełmiński, vice-président de la Société, de notre camarade A. Budzyński au nom du Conseil de l'École, de M. Georges Bienaimé, de M. C. Woźnicki et de M. Szawklis en regrettant de n'avoir pu nous procurer les allocutions improvisées de MM. Korwin-Milewski, Heyne, Pstrokoński et Marius Leblond, ni les deux discours polonais et français du solennisant qui ont produit sur l'auditoire une profonde impression.

⁂

Enfin le dimanche 18 février c'est le Conseil d'administration de l'École Polonaise, dont V. Gasztowtt est vice-président depuis plusieurs années, qui a pris part au jubilé cinquantenaire de notre camarade. Voici comment le *Bulletin* rend compte de cette cérémonie :

« Le dimanche 18 février au début de la séance du Conseil d'administration de l'École Polonaise, après une allocution du président du Conseil, M. J. Gałęzowski, M. Jean Lipkowski a lu et remis à V. Gasztowtt, au nom de ses collègues, une adresse de félicitations à l'occasion de son jubilé littéraire, en le remerciant des services qu'il n'a cessé de rendre à l'École depuis 1865, comme professeur et comme inspecteur. Cette adresse, très artistiquement exécutée et calligraphiée, est entourée de vignettes représentant, en haut, les armes de la Pologne, et sur les côtés les photographies de la plupart des édifices de Paris où sont ou ont été installées les institutions polonaises dans lesquelles notre camarade a pendant près d'un demi-siècle travaillé avec ses compatriotes dans l'intérêt de l'émigration et de la cause polonaise.

« Cette nouvelle marque de sympathie a profondément touché celui qui en était l'objet. Il a répondu en constatant qu'il n'avait fait qu'accomplir le plus consciencieusement possible les tâches où l'avaient appelé les circonstances et la confiance de ses collègues, et en exprimant l'espoir de pouvoir le faire encore pendant quelques années. »

Nous donnons aussi la reproduction de l'adresse remise à V. Gasztowtt par le Conseil de l'École et où manquent les signatures du secrétaire B. Rubach, décédé le jour même de la remise de ce document, et celle du trésorier, E. Korytko, absent de Paris à cette époque, mais qui tous deux s'étaient associés d'avance à cette manifestation.

Nous insérons enfin, à titre de renseignement, la notice bibliographique sur les travaux littéraires de V. Gasztowtt, qu'un de nos jeunes camarades, R.-F. Pujkis, a bien voulu se charger de rédiger, et dont nous lui sommes tous très reconnaissants.

En envoyant à tous ceux qui ont pris part à la célébration du jubilé soit personnellement, soit par correspondance, ce souvenir du cinquantenaire, illustré par M. Constantin Piliński avec un talent et un cœur qui lui donnent un nouveau prix, nous leur exprimons tous les remerciements de la Commission d'initiative et aussi ceux de notre camarade V. Gasztowtt, qui nous charge de leur dire combien il a été touché profondément de ces marques de sympathie, « sachant bien d'ailleurs, nous écrit-il, qu'elles s'adressent non pas tant à lui qu'à l'idée à laquelle il a été amené par les circonstances à consacrer son activité littéraire et patriotique ».

Discours de Lad. Malinowski

Mon cher Ami, mes chers Camarades,

Nous allons célébrer en famille, c'est-à-dire simplement et sans autre décor que celui de notre émotion intime, le cinquantenaire d'un homme de cœur.

Depuis cinquante ans Waclaw Gasztowtt a suivi, sans broncher, la voie du patriotisme le plus ardent et le plus désintéressé. Son œuvre est considérable; elle est une. Ce qui en constitue l'unité, c'est l'âme polonaise. Il n'est pas un événement politique, artistique ou littéraire concernant la Pologne, qui ne l'ait touché, qui ne l'ait ému, et, loin de garder en égoïste ses impressions et ses idées pour lui seul, il les a généreusement répandues parmi nous tous.

Ses œuvres personnelles, écrites en polonais et en français, ses traductions de prosateurs ou de poètes polonais ont intéressé et

gagné à notre cause, même des étrangers. Son enseignement a perpétué dans notre vivace École et sur la terre de France le culte de notre langue nationale. Ses poésies françaises elles-mêmes ont été de vibrants soufflets imprimés sur la joue de ceux qui ont pour eux, non le droit, mais la force.

La patrie absente est donc ici présente en lui. Celui qui signe parfois S(*yn*) E(*migranta*), pour nous, la personnifie et l'incarne toute vive.

Je souhaite longue durée à une carrière déjà si pleine et d'un si solide éclat sous son apparente obscurité.

Quand ils la considèrent, les vieux s'inclinent et admirent, les jeunes espèrent et ont foi dans l'avenir.

Au nom de tous les camarades ici présents, au nom de la Pologne entière, je prie Waclaw Gasztowtt d'accepter ce modeste témoignage de notre profonde et respectueuse affection.

Discours d'Edouard Pożerski

Mes chers Camarades,

Notre ami Malinowski vient, en d'éloquentes paroles, d'exprimer à Gasztowtt les sentiments d'amitié et d'admiration de tous ceux qui ont vécu à ses côtés sur les bancs de l'Ecole, et qui ont connu en lui un si bon camarade.

Je viens, à mon tour, apporter à Gasztowtt, l'expression de la reconnaissance de tous mes camarades, qui ont eu en lui un Maître précieux et dévoué.

Il serait impossible d'exposer ici la genèse des sentiments de tous ceux que Gasztowtt a guidés dans leur évolution littéraire et je m'en voudrais de généraliser ou même de synthétiser des sentiments que chacun a éprouvés avec son coefficient personnel de sensibilité.

Pour moi, l'image de Gasztowtt remonte déjà a bien loin dans ma vie. J'avais cinq ans, par une maussade matinée d'automne, mon père me prit par la main, me fit descendre de la butte Montmartre et me mena à l'Ecole Polonaise. J'arrivai, et, dans un coin, je vis un vieillard de petite taille, c'était le directeur Malinowski, et un homme d'une haute stature, c'était Gasztowtt. Mon père parla longuement à tous les deux, m'embrassa sur le front et partit sans se retourner. Je me trouvai seul et me mis à pleurer. Le père Maline ne me dit rien... Gasztowtt me caressa la tète, puis j'allai en classe.

De cette vision qui se perd dans le brouillard du passé, il ne me reste qu'un seul souvenir : c'est que le père Maline m'avait semblé très petit et que Gasztowtt m'avait paru très grand.

Puis ce furent les tourments que l'on fait subir à tous les enfants : l'Histoire romaine, les Départements, le Système métrique, la Révolution française..... tout un chaos de choses hétérogènes qui doivent meubler le cerveau du futur étudiant en humanités. Tous les trois mois Gasztowtt nous apparaissait entouré de l'auréole de l'examinateur. Il nous interrogeait avec bienveillance, « il n'était pas trop rosse »; aussi la marmaille de l'Ecole, que l'amour du professeur n'a jamais étouffée, aimait-elle à moitié l'inspecteur Gasztowtt.

Les années s'ajoutèrent aux années; je fis comme les camarades : je grandis et je vieillis.

Un beau jour, après avoir ânonné le polonais pendant de longues années dans les classes inférieures, je fus jugé digne d'entrer dans la classe de Gasztowtt. Avec mon pauvre ami Wrześniowski, nous nous installàmes sur un banc, dans le fond de la classe, bien loin du professeur, pour pouvoir dormir à notre aise; et la leçon commença. Gasztowtt nous dit d'abord quelques mots sévères, nous fit lire une fable de Jachowicz, nous donna une leçon à apprendre pour la fois suivante, puis il sortit de sa vaste serviette de très petits papiers, griffonnés d'une très petite écriture.

Mon ami Wrześnio me poussa du genou, et, passant le revers de sa main sur sa joue encore imberbe, me fit signe que ce serait rasant...

Gasztowtt commença à nous lire la traduction d'*Anhelli*..... Après quelques minutes, nos yeux se rivèrent sur le lecteur. De sa bouche s'écoulaient de lentes paroles, si belles, si pures, si pleines du romantisme idéaliste de Słowacki, que nous osions à peine respirer.

Quand Gasztowtt eut fini sa lecture, nous restâmes assis sur nos bancs, sans rien dire.

Quelque chose venait de se passer en nous, un Quelque chose d'intime et d'indescriptible, un Quelque chose que certains d'entre nous avaient ressenti le jour de leur Première Communion, un Quelque chose qui rend meilleur et qui donne envie de pleurer :

Gasztowtt venait d'ouvrir nos âmes à la littérature polonaise et nos cœurs à tout le romantisme de 1830.

Alors, à la lumière du savoir de Gasztowtt, évoluèrent nos idées littéraires. Beaucoup d'entre nous ne possédaient pas assez bien la langue de nos pères pour lire dans le texte les classiques polonais, mais Gasztowtt les avait si bien traduits, si bien adaptés, que la lacune disparaissait. Grâce à Gasztowtt, nous devînmes des Polonais.

Mais la jeunesse sait mal comprendre ceux qui travaillent pour elle ; elle n'a pas assez travaillé pour apprécier le dur labeur des nuits passées sur un manuscrit ; elle n'a pas assez de recul pour juger un homme dans son ensemble. Aussi en sortant de l'Ecole, je n'aimais pas Gasztowtt.

Je fis connaissance du *Bulletin Polonais*, cinq ans au moins après ma sortie de l'Ecole. J'avais pendant ce temps étudié les sciences, étudié la nature, étudié les hommes. Je compris alors le travail de Titan qu'avait fait Gasztowtt. Je me plongeai dans la lecture du *Bulletin*.

Depuis le premier numéro je suivis l'évolution de ce périodique, et je reculai d'admiration devant cette œuvre où depuis près de trente ans, chaque ligne, chaque idée, avait été créée, pesée par Gasztowtt. Et un jour... un jour où Gasztowtt avait été très malheureux, je l'embrassai, en pleurant toutes les larmes de mon affection et de mon repentir.

Depuis ce jour Gasztowtt m'aima aussi... Un soir il vint vers moi avec un livre : c'était la traduction de *Denutis*, faite par son pauvre fils. Il me prit les mains, me regarda longuement, et voyant devant lui le camarade et l'ami intime de Celui qu'il ne devait plus jamais revoir, il baissa la tête, me donna le livre et pleura aussi à son tour.

Que de douleur il y avait dans cette étreinte ! ! ! Mais quelle affection est née entre nous deux ! ! ! Gasztowtt, dans sa vie de littérateur, a peiné, a souffert, a subi toutes les déceptions ; mais ainsi il s'est élevé au-dessus de tout le monde.

Et maintenant que j'ai compris Gasztowtt, que j'ai pu le juger, il me semble que nous, ses élèves, nous l'aimons, non pas comme on aime aujourd'hui, mais comme on aimait dans l'antiquité. Il me semble que si seulement l'un de nous était devenu un Platon, Gasztowtt aurait été à tous notre Socrate.

Mon cher Maitre,

Avant tout je veux m'excuser. Certains de nos camarades voulaient pour cette fête réunir toutes les sociétés polonaises de Paris. Ils voulaient commémorer par un banquet public, vos cinquante ans de travail littéraire. Ils voulaient que la fête fût éclatante, que votre gloire fût à son apogée. Je me suis soulevé avec indignation contre ce projet ; j'ai parlé très fort, et la fête publique n'a pas eu lieu.

Je vous en demande pardon. Vous auriez connu les frissons de la gloire : vous n'aurez aujourd'hui que la douce émotion d'une fête de famille.

Mais la gloire vous l'avez, cher Maitre, puisqu'à la Sorbonne et au Collège de France on enseigne la littérature polonaise dans vos œuvres ; puisque, puisant leur érudition dans vos traductions, des savants comme Sarrazin enseignent au monde entier que le génie de la Pologne est immortel.

La gloire est infinie ; or, à l'Infini on ne peut rien ajouter.

Cher Maitre, c'est à l'Ecole Polonaise que vous avez appris à aimer la Pologne. C'est à l'Ecole Polonaise que vous devez votre érudition. C'est à l'Ecole Polonaise que vous avez écrit vos premières œuvres ; c'est pour l'Ecole Polonaise que vous travaillez depuis cinquante ans. Aussi, c'est à l'Ecole Polonaise, au milieu de vos vieux camarades et de vos élèves que j'ai voulu que soit célébré votre cinquantenaire littéraire. Notre Ecole est si pleine de souvenirs, qu'elle était le seul sanctuaire où nous devions nous réunir pour vous fêter. Depuis de très longues années c'est ici que nous travaillons pour notre *Bulletin* ; c'est sur ces fauteuils que se sont reposés les Vieillards qui, jusqu'à la mort, ont aimé l'Ecole comme leur seule Famille. Sur les murs du salon d'honneur sont suspendus les portraits de nos ancêtres. Tout est souvenir dans ces coins de l'Ecole, et parfois, lorsqu'on parle, instinctivement on baisse la voix avec une religion toute païenne, parce que nos chers Morts sont là... qui nous écoutent.

Cher Maître, pour vos cinquante ans de labeur littéraire, nous vous donnons une médaille frappée à votre intention. Nous l'avons faite en or, non pas qu'elle ait pour cela une valeur plus grande à vos yeux, mais parce que l'or est un métal inaltérable; parce que l'or ne se ternit jamais, parce que dans cent ans cette médaille sera aussi belle, aussi claire qu'aujourd'hui. Elle sera tout comme votre œuvre. Elle a déjà son histoire, cette médaille. Elle fut frappée sous Sobieski. Quelles furent ses tribulations depuis le xvii siècle ? A-t-elle été oubliée dans quelque coin poussiéreux ? A-t-elle été choyée par quelque numismate jaloux ? A-t-elle été vendue ? A-t-elle été volée ? En tous cas, elle vivait cette médaille, depuis des siècles. Puis, un beau jour elle tomba dans le tombeau d'une collection officielle, au musée de la Monnaie. Elle croyait être là, dans sa demeure dernière, la pauvre médaille. Mais les choses de Pologne ne meurent jamais.

Notre ami Pluciński, avec son âme d'artiste, a été fouiner dans toutes les collections afin de découvrir pour vous un souvenir polonais : il s'en retournait presque désespéré quand, tout à coup, il aperçut la médaille de Sobieski. Elle fut sortie au grand jour ; on la retourna, on la palpa, on l'admira. Ce fut, pour elle, la reviviscence. C'est à dessein que je dis reviviscence et non résurrection : la résurrection est un miracle et la reviviscence un phénomène biologique naturel. Or, les choses polonaises n'ont pas besoin de miracle, elles ont le droit à la vie.

La médaille de Sobieski fut reproduite ; elle est maintenant entre vos mains.

Aimez-la, cher Maître, cette médaille ; elle représente toute notre admiration, toute notre affection. Et maintenant, au nom de tous mes camarades ici présents, au nom de tous ceux que les distances séparent de nous, et en mémoire, hélas, de tous Ceux qui ne sont plus, je veux vous embrasser bien tendrement.

Discours d'Alfred Budzyński
Directeur de l'Ecole Polonaise

Mon cher maître, mon cher ami,

Je suis très fier d'avoir à vous complimenter ce soir à propos de cette médaille que vos camarades vous offrent et à laquelle l'Ecole actuelle joint l'expression de son respect et de son affection. Elle vous rappelle votre premier ouvrage d'il y a un demi-siècle et il y a juste cinquante ans que moi-même, débutant en 9ᵉ à la date où vous deveniez un jeune maître, je vous vois à l'œuvre.

Je ne saurais apprécier avec la compétence voulue le détail de vos études et de vos travaux. Mais, en les voyant dans leur ensemble, je me rends très bien compte que votre œuvre littéraire coïncide sur tous les points avec votre belle œuvre de patriote convaincu et d'éducateur avisé. C'est du moins ce que me dit mon cœur de Polonais.

Vous avez cultivé vos talents pour les faire servir à l'œuvre patriotique à laquelle chacun de nous travaille, mais avec plus ou moins de force. D'autres, avec votre finesse littéraire, votre art de bien dire, auraient cherché des sujets plus attrayants pour le grand public et partant plus lucratifs.

Vous, presque toujours, c'est à la littérature et à la poésie nationales que vous avez prêté vos facultés poétiques, votre entente des lois de l'art, votre connaissance affinée de l'âme polonaise. En vous, l'écrivain et l'homme de cœur ne font qu'un, et cela mérite d'être dit, car on m'a laissé entendre que cela ne se rencontre pas toujours dans le monde de la littérature.

Sur le travail littéraire qui vous a toujours passionné, vous avez prélevé constamment le temps d'être un maître de la jeunesse. Vous avez été le mien, vous avez été celui de mon fils. Votre mérite littéraire a pénétré votre enseignement et, en le rendant plus attractif, il l'a rendu plus efficace. Pour ne parler que de notre Ecole, où vous êtes le collaborateur précieux d'un directeur purement scientifique, ceux qui en sortent pour réussir dans les carrières qui relèvent des études littéraires, sont unanimes à dire qu'ils vous doivent presque tout. Vous devinez, vous encouragez les vocations réelles, vous secondez l'effort et le dirigez du bon côté. On sait de vos élèves d'il y a vingt ans et plus qui ne veulent d'autres guide que vous pour la culture littéraire de leurs enfants.

Je suis un peu en état d'apprécier une autre œuvre qui porte l'em-

preinte de votre talent de littérateur. Il y a trente-six ans que chaque mois je me jette avidement sur le Bulletin de notre Association.
Je sais l'accueil empressé que lui font tous nos camarades et comme
ils le trouvent intéressant, réconfortant. Il ne fallait pas seulement
une grande force de travail, il fallait votre vaste connaissance des
choses polonaises et internationales et l'habileté de votre plume, pour
arriver à former à date voulue chaque année douze assemblages aussi
satisfaisants de renseignements sur les choses de là-bas et de morceaux
d'art transcrits en beau français. Il fallait l'éloquence qui vient du de-
dans pour y émettre à l'occasion des avis opportuns et utiles si forte-
ment présentés qu'ils sont écoutés de tous. C'est là, dans un ouvrage
en partie impersonnel, votre note toute personnelle.

Si l'on apprécie l'œuvre d'une vie par ses conséquences présentes
et futures, soyez fier de la vôtre, mon cher maitre, mon cher ami.
Vous n'avez pas pendant cinquante ans semé le bon grain en paroles,
en écrits d'un accent si persuasif, sans qu'il soit tombé dans des sil-
lons aptes à le recevoir. Parmi les nôtres et en dehors il y a de bril-
lants esprits auxquels le vôtre s'est communiqué, qu'il a marqués à la
bonne marque. Il y a aussi des âmes, des existences en voie de déve-
loppement sur lesquelles votre action a été décisive. Dans le bon re-
nom, dans l'importance qu'acquièrent tous les jours les petits-fils de
l'émigration il y a beaucoup de vous. Vous avez travaillé pour le pré-
sent, plus encore pour l'avenir. Surtout vous avez travaillé pour nous.
La fête intime de ce soir est un faible témoignage de notre reconnaissance, et moi je suis content de l'occasion de vous exprimer la mienne
très sincère, très cordiale et très émue.

Mowa

odczytana na uczcie jubileuszowej przez

Jana Chełmińskiego

Wice-Prezesa Towarzystwa Polskiego Artystyczno-Literackiego w Paryżu

Mości Panowie!

Szczęsnym jest Ten, który spojrzawszy w dal przebytego życia ma przed sobą pięćdziesięcioletni plon, zbożej, twórczej pracy — lecz stokroć więcej jest szczęsnem młode towarzystwo... mogące szczycić się posiadaniem w gronie swym takiego dostojnika...

Jakoż dzień dzisiejszy, dzień jubileuszu czcigodnego Profesora Wacława Gasztowtta jest nadewszystko naszym świętem,... jest naszą szczerą z serca płynącą dumą i wiarą w jasno promienną przyszłość... Wiedzą głęboką... bo opierającą się na dokumentach owocnego hartownego żywota.

Ciebie bo, zacny jubilacie, nie kołysała ziemia ojczysta, Tyś nie był... jednym z tych, którzy tu... na tułactwo przybyli... z pieśnią wolności... którym wspomnienia dzieciństwa... i młodzieńczych lat... rodzinnych siół.. były ościenia... były dozgonnym sakramentem...

Tyś... syn wygnańca... na wygnaniu ujrzał światło dzienne!! Tyś ten sakrament, tę żyznią własnego ducha, we własnej zbudował piersi... Tyś, przeczuciem krwi wniknął w tęsknie kolebki ojców... i wszystkie czyny swe, dnie wszystkie i godziny... myślą o niej wypełnił...

Za przykładem Szawelskich Gasztowttów porwałeś i Ty za oręż... i... jako stryjowie Twoi... życie chciałeś ponieść w ofierze dla sprawy...

Los zrządził inaczej... los udaremnił Ci ten zaszczyt... i zrządził dobrze... boć zachował nam Cię na lata... bo uczynił Cię niepożytych sił bojownikiem!!!...

I oto stałeś się... wychowawcą i drogowskazem młodych pokoleń... niecileś skry w stygnących dla zawołań polskich sercach .. i budziłeś je do obowiązku...

Byłeś orędownikiem i szermierzem wszystkiego... co tu... na obczyźnie... było przejawem... polskiego odezwu... Upominałeś się...

i dochodziłeś krzywd naszemu imieniowi czynionych... I cierpiałeś
z ojczyzną i z nią razem przeżywałeś błyski nadziei i chmur pasma
nieskończone... A wczasy swe... chwile spoczynku... poświęcałeś
piśmiennictwu...

Za wytchnienie miałeś sobie pracę... i pracę tej miary, która
innemu... starczyła by... za całą i świetną aureolę zasługi!... Stałeś
się natchnionym tłómaczem skarbów poezyi polskiej... apostołem...
i pionierem... naszej myśli w szrankach wszechświata!!!... Własną...
bujną... pełną ognia muzę... traktowałeś nawet po macoszemu...
bo stapiałeś wszystkie jej moce... ku rozsławieniu... ku chwale...
nie... własnego imienia... lecz imienia polskiej literatury!!..

Cześć Ci... Siewco niestrudzony!! Szron srebrzy skronie już
Twoich uczniów... Z ziarna Twego trudu... zastęp dzielnych począł
się pracowników!!

Młode pokolenia wstępują na drogę... przez Ciebie wymosz-
czoną!!...

Plon złoty... godowy plon... dokoła!!...

Cześć Ci żniwiarzu!! Żyj nam!! Trwaj!!. Brylantowych docze-
kaj ślubów!!...

.   .   .   .

Wacław Gasztowtt... Niech żyje!!

Mowa Alfreda Budzyńskiego
Dyrektora Szkoły Polskiej
na uczcie jubileuszowej

Kochany Jubilacie!

Na tym oto bankiecie, urządzonym przez Towarzystwo Polskie Artystyczno-Literackie na uczczenie Ciebie, Kochany Jubilacie, i w celu upamiętnienia twego pierwszego dzieła z przed pół wieku — mam wielki zaszczyt złożyć Ci wyrazy uznania w imieniu Rady administracyjnej Szkoły Polskiej. A jeżeli używam języka polskiego, którym niestety, nie władam tak jakbym sobie życzył, to dla tego, iż wiem, że mogę liczyć na twoją pobłażliwość, i że chcąc Ci wyrazić moje głębokie uczucie i poważanie, nie znalazłem nic co mogłoby Ci sprawić większą przyjemność jak zwrócić się do Ciebie w naszym ojczystym języku, który tak kochasz.

Innym, zdolniejszym w sztuce krasomówstwa, i bardziej kompetentnym, pozostawiam mówić o Twych dziełach i zasługach na polu literackiem. Ja chcę mówić o Tobie tylko jako o człowieku wielkiego serca, o głębokim patryocie, o doświadczonym wychowawcy młodego pokolenia, którego z każdym dniem coraz bardziej oceniam.

I to jest dla mnie zadanie wielce przyjemne i względnie łatwe. Bo już pięćdziesiąt lat jak widzę Cię ciągle niezmordowanym przy pracy, i jeżeli mam Cię ocenić sprawiedliwie, to niech kieruje mną tylko moje polskie serce.

Wysoko wykształciłeś w sobie Twe zdolności, Twe talenta, by tem lepiej służyły sprawom ojczystym, dla których każdy z nas pracuje w miarę sił. Nie znam ani jednego Twego utworu poetyckiego, ani jednej mowy, ani jednego toastu, w którym myśl o Ojczyźnie nie byłaby przewodnią.

Właśnie, odczytywałem w ostatnich dniach w Buletynie polskim, toast Twój, wzniesiony z powodu trzydziestolecia naszego Stowarzyszenia Byłych Uczniów Szkoły Polskiej!

Parler ?... Je veux bien... Mais que [dire ?
Już mi biedna pęka głowa...
Faut-il pleurer ou faut-il rire ?
Myśl się chwieje, plączą słowa.

Et puis quelle langue employer ?
Boć dwojaki słyszę dźwięk.
A quel joug faut-il me ployer ?
Jak tu wybrać? Twardy sęk!

Lorsque je veux chanter la France,
Wnet mi w poprzek staje Polska...
Mes deux langues entrent en danse,
Istna wieża ba...tyniolska !

Serai-je poëte français ?
Próżny takiej chwały dym...
Peut-être aurais-je du succès !
Lecz mi Polski milszy rym.

Je ne recherche pas la gloire.
Śpiewak jestem niezawisły ;
Ma Muse a bu l'eau de la Loire,
Lecz ją wabi woda Wisły.

Je sens deux poëtes en moi :
Pieśń dwoista we mnie brzmi !
L'un doute, et l'autre est plein de
[foi.
O jak śpiewać trudno mi !

Qu'ils chantent tous deux à la fois !
Niech podwójny dzwoni śpiew !...
Et, puisque ma lyre a deux voix,
Niech podwójny rzuca siew !

Inni z Twoim talentem literackim, z Twoją sztuką krasomówcy, szukaliby tematów, w swych dziełach, bardziej pociągających masy.

Ty zaś, Kochany Jubilacie, prawie zawsze tylko ojczystej literaturze, tylko ojczystej poezyi poświęciłeś Twe talenta, Twą głęboką wiedzę praw sztuki, Twą subtelną znajomość duszy polskiej.

Pisarz i człowiek wielkiego serca złączyli się w Tobie.

Panowie, pozwólcie mi powtórzyć wam parę wierszy Jubilata, które, jestem pewny, zostaną dobrze przez was przyjęte, gdyż są odbiciem uczuć i serc waszych.

Morts et vivants

Sachez, vous qui croyez que la Pologne est morte,
Qu'un peuple ne meurt pas s'il ne veut pas mourir.
Insultez-nous, raillez, frappez ; que nous importe ?
L'orage empêche-t-il la moisson de mûrir ?

Vous n'arracherez pas la profonde semence
Dont neuf siècles de gloire ont fécondé nos champs ;
Le germe des hivers peut braver l'inclémence :
Il sait qu'il renaîtra quand viendra le printemps.

Et le printemps viendra, puissant, irrésistible,
Son souffle emportera tous les glaçons du nord.
Puis quand aura grondé la débacle terrible,
Tout sourira ; la vie aura vaincu la mort.

Nous ne vous craignons pas, conquérants en délire,
Sanglants démolisseurs qui n'avez rien construit !
Vous êtes l'ouragan qui ne sait que détruire :
Il ne restera rien de vous, qu'un peu de bruit.

Nous ne vous craignons pas, nous qui nous sentons vivre,
O spectres par la mort trop longtemps épargnés !
Qu'elle vous fasse un geste, il vous faudra la suivre;
Elle seule gouverne, ò Tzars, quand vous régnez.

Oui, c'est nous qui vivons, nous sentons dans nos veines
Sous votre froide étreinte un sang jeune courir ;
Vos supplices sont vains, vos menaces sont vaines;
Un peuple ne meurt pas s'il ne veut pas mourir !

Oklaskujecie, Panowie! A przecież te wiersze, które ożywiły te uczucia nigdy nie gasnące w waszych sercach, dają tylko słabe pojęcie o wpływie jaki Kochany Jubilat wywierał i wywiera na swych uczniach i na swych przyjaciółach.

Trzeba go widzieć w klasie wśród swych uczniów, albo w otoczeniu przyjaciół, kiedy on rozpalając się coraz bardziej, daje się unieść swemu zapałowi i swym uczuciom patryotycznym. Na moje szczęście miałem częstą sposobność go słyszeć, gdyż byłem Jego uczniem, zarówno jak i mój syn. Umiał on wynaleźć w głębiach naszych dusz najczulszą strunę, uderzyć w nią tak, że trysnął zdrój wzniosłego wzruszenia, co płynie z serca do powieki i błyśnie perełkami łez.

Umiał on wszczepić w duszach dzieci polskich świętą miłość kraju rodzinnego, obudzić ich jestestwa narodowe i szlachetną dumę z przynależenia do Polski, tej dalekiej a ukochanej ojczyzny.

Kochany przyjacielu! nie na próżno słowem, pismem i czynem siałeś wszędzie ziarna przyszłości! Te ziarna zdrowe to właśnie pokarm duchowy co stwarza dobrych żołnierzy i krzepkich zapaśników idei, którzy na pierwszy dźwięk trąbki bojowej, jak jeden mąż powstaną w obronie ziemi ojczystej.

Panowie, wszyscy tu obecni, złączeni w jednym bratnim uścisku, i sercem wdzięcznem, wypijmy zdrowie Jubilata, sląc mu życzenia byśmy mogli to zdrowie w niedalekiej przyszłości powtórzyć, ale na wolnej ziemi, w wolnej i niepodległej ojczyźnie.

Przemówienie Kaz. Woźnickiego

na uczcie jubileuszowej

«Ciężkie zaiste są lata wygnania » (1888)... «W naszem życiu
tułaczem mało dni wesołych» (1892)...; «tembardziej, iż niewiemy,
czy Ojczyzna po nas płacze, czy też nas czasem nie przeklina za
to, żeśmy nie umieli jej oswobodzić, że po tych nowych wysiłkach
naszych, w coraz ciemniejszym, w coraz straszniejszym wróg
zamknął ją grobie? » (1888)

« Szczęśliwi w nieszczęściu swojem ci, którzy na własnej ziemi
obowiązki swe względem narodu spełniać mogą; szczęśliwi ci,
którzy pracę narodową, walkę narodową, na narodowym prowa-
dzić mogą gruncie; szczęśliwi, bo nie są, jak my, skazani na
bezsilność.» (1886)

«A czyż nieprawda, że myśl ta, pełna goryczy i zgryzoty, za-
truwa nam życie na obczyźnie; czyż nieprawda, że większej niema
boleści, jak czuć się osamotnionym, bez związku z krajem, ubez-
władnionym mimo gorącej chęci pracowania dla Polski, jak nie
mieć żadnej innej perspektywy, tylko marnie zakończyć na ziemi
obcej, niepotrzebny już Ojczyźnie, a przez to nam samym nie-
znośny żywot tułaczy?» (1886)

«O gdyby tej goryczy i zgryzoty pozbyć się nareszcie! Gdyby
ta samotność, ta bezsilność ustać mogły? Gdyby się nam udało,
chociaż na wygnaniu, Ojczyźnie także się przysłużyć! Gdybyśmy
potrafili tutaj jakiś blady choćby obraz dalekiej Polski stworzyć!
Jakby to życie nasze stało się znośniejszem, jakby się zmniejszyła
boleść nasza!... Takie było, takie jest marzenie nas wszy-
stkich!» (1886)

Oto myśli wyjęte z kilku mów Wacława Gasztowtta; w ten
czy inny sposób wypowiada je zawsze, kiedy głos zabiera. Nie-
ustającem dla niego zagadnieniem, którego rozwiązania szuka,
jest: jak na obczyźnie służyć krajowi, jak «blady obraz dalekiej
stworzyć Polski »? Bo choć wie, iż «nie mamy potrzeby obawiać
się o swe losy, gdyż czujemy, żeśmy nie umarli» (1884), wie również, że «wiara sama nie wystarcza, że ideały nasze, mimo iż
wiernie przechowane i święcie wielbione, same, nadziemską siłą
swoją, nie zdołają nas utrzymać przy życiu i wybawić z niewoli,

bez praktycznych, ze strony naszej, wysiłków» (1886), «że patryotyzm czynny i światły jest najwznioślejszą cnotą, i że człowiek zupełnym jest tylko wówczas, kiedy do innych obowiązków, jakie spełnia, doda ten obowiązek patryotyczny, który, szczególnie u Polaków, nad wszystkimi innymi panować winien» (1885), «bo Polak obowiązki publiczne i Ojczyznę stawiać musi przed interesem prywatnym, a do tego dojść jedynie może całkowitem oddaniem się sprawie i poświęceniem» (1885).

Takiem też było i jest życie Wacława Gasztowtta: oddanie się sprawie i poświęcenie się dla sprawy — oto co kierowało jego działalnością publiczną a nawet prywatną, prywatną także, boć Polak zawsze i wszędzie jest na stanowisku... «Nie kłaniał się przed mocarzami tego świata, nie składał interesownego hołdu sile materyalnej lub jej pozorom, nie pociągało go to, co wabi i olśniewa, gdyż wiedział, że ta jest droga najbardziej prosta, niemal konieczna, do kompromisów i ustępstw, a skutki jej pewne: zrzeczenie się swych praw, nieuniknione narażenie swej godności narodowej...» Pracował cicho, skromnie, wytrwale i ciągle, nie zrażał się chwilowemi niepowodzeniami, nie zwracał uwagi na to, co mówili zazdrośni i o tę wytrwałość i o cele osiągnięte...

Przed chwilą podałem kilka zdań, wyjętych z mowy Wacława Gasztowtta wygłoszonej w Rapperswilu w dniu inauguracyi Mauzoleum Serca Kościuszki. Uroczystość ta przenosi mnie myślą do innego obchodu Naczelnika, w Paryżu odbytego, na którym to obchodzie również głos zabierał. I nie mogę oprzeć się pokusie, by nie odczytać Szanownym Panom pewnego ustępu z tego przemówienia: nietylko bowiem znakomicie ujmuje on ów fakt dziejowy dla Polski, ale również opowiada o nim w formie bardzo pięknej i wzniosłej, będącej wyrazem głębokiego odczucia i zrozumienia i faktu samego, i warunków, w jakich się zdarzył. Oto ten ustęp:

« Przed rozbiorami naród był już prawie umarły — po części przez rozbójniczych sąsiadów zabity, po części własną winą zatruty i obezwładniony — i konał jako ofiara zabójstwa i samobójstwa zarazem! To też pospieszyli chciwi sąsiedzi i wkroczyli do zagrody konającego, i rozdzielili sobie jego łupy, i usadowili się w jego domu; przybierając kolejno postawę to oprawców, to nieproszonych lekarzy, dobijać go chcieli — a już zdało im się, że go dobili, a więc mając go ostatecznie pochować, zasiedli do piekielnej stypy,

a jedni zacierali sobie ręce, drudzy udawali, że po nim płaczą.
Aż nagle...

« O zdziwienie! o wściekłości!... Umarły ten zmartwychwstaje!
A biesiadnicy naprzód oczom swoim nie wierzyli, a potem, na ten
widok, struchleli! A ów zmartwychwstający taki straszny był
i takiem tryskał życiem i gniewem, że przed nim uciec musieli...
na chwilę niestety, na krótką tylko chwilę, bo niebawem spostrze-
gli, że zmartwychwstałemu sił braknie, że nie wszystkie życia
żywioły w nim się obudziły, że przeszłości winami i nałogami,
znowu się w nim tu i ówdzie odzywającemi, na nowo obezwła-
dnionym niedługo zostanie! I powrócili, a dobić go już niemogąc,
bo przyszedł do samowiedzy i do poczucia swojej, że tak powiem,
nieśmiertelności, żywego pochowali, i nad jego trumną czuwać
zaczęli, i odbywają dotąd tę rozbójniczą a ciężką straż cmentarną:
ciężką zaiste i straszną dla nich, bo z trumny wychodzą nie jęki
konania, lecz głos żywy nadziei i wiary; bo wieko trumny podnosi
się niekiedy, a zmartwychwstały naród powstaje z niej coraz
bardziej odrodzony, coraz silniejszy, coraz wyższy moralnie i fizycz-
nie, coraz straszniejszy dla grabarzy, coraz bliższy, mimo pozo-
rów, ostatecznego nad nimi zwycięstwa i powrotu do zagrabionej
własności, do odegrania przeważnej roli politycznej, do zastąpie-
nia erą nową prawdziwego postępu, prawdziwej wolności, prawdziwego braterstwa — ery despotyzmu, gwałtu, obłudy, jakiej oni są
przedstawicielami.

« A kiedyż po raz pierwszy, ten konający uczuł, że żyje jeszcze,
i pełniejszem zapragnął żyć życiem i wydobył z siebie siłę niezwy-
ciężoną, siłę moralną? Kiedyż, po raz pierwszy *resurrexit*, kiedyż
przestraszył po raz pierwszy zabójców swoich i zewnętrznych i we-
wnętrznych: Moskali i Targowiczan? Dnia 24 marca roku 1794
w Krakowie, a szczególniej w dniu bitwy Racławickiej. » (1894)

Zanim skończę, na jedną jeszcze stronę działalności Wacława
Gasztowtta pragnąłbym zwrócić uwagę, na rolę, jaką odegrał, na
zasługi, jakie położył, w sprawie zbliżenia francusko-polskiego.
Ślady tej pracy znaleźć można w całem życiu jubilata, a dowody
jej materyalne w publikacyach i przemówieniach francuskich,
przemówieniach bądź w Szkole Polskiej, bądź na zebraniach publi-
cznych wygłoszonych.

«Nie można być dobrym Polakiem, — mówił Wacław Gasztowtt

na uroczystem rozdaniu nagród w Szkole Polskiej w r. 1885,— nie kochając Francyi, podobnie, jak nie można być dobrym Francuzem, nie będąc oddanym sprawie Polskiej... Wy jesteście, — ciągnął dalej, zwracając się do uczniów,— łącznikiem między tymi dwoma narodami... Francya, co niegdyś otworzyła szeroko swe ramiona ojcom waszym, otwiera dla was swe serca, a wszak nie jesteście niewdzięczni i, kochając Polskę z całych sił waszych, z całej duszy waszej, potraficie, do miłości tej, miłość dla Francyi dołączyć»...

Tak, powiedzmy głośno, jeżeli dzisiaj, po pewnej przerwie wywołanej warunkami od nas niezależnymi, znowu bardziej energicznie pracować możemy nad zbliżeniem francusko-polskiem, a co zresztą jest wskazane zarówno przez tradycyę historyczną jak i przez interes zobopólny, jeżeli stwarzać możemy rozmaite komitety, które, Bogu chwała, pracują skutecznie dla sprawy narodowej, dużo zawdzięczać musimy i zawdzięczamy Jubilatowi i jego współpracownikom, mamy bowiem poważny punkt oparcia, który stanowi wyjście dla pracy obecnej i przyszłej.

Tą skromną i bezładną wiązanką, — jaką składam w hołdzie Jubilatowi, — zbyt może długo zająłem uwagę Szanownych Panów, ale mam nadzieję, że nadużycie wybaczone mi zostanie; starałem się bowiem, niemal wyłącznie, przemawiać słowami Wacława Gasztowtta, i w ten sposób przypomnieć niektóre z tych zasad, z tych przeświadczeń, powiem nawet więcej, z tych «artykułów wiary», jakie kierowały i kierują życiem Szanownego Jubilata.

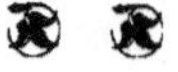

Discours de M. Georges Bienaimé
au banquet du Cinquantenaire

Messieurs,

C'est un sentiment à la fois juste et touchant qui a inspiré l'idée de
ce banquet et de la commémoration à laquelle nous assistons ce
soir.

Lorsqu'un homme pendant cinquante années a consacré ses forces,
ses aptitudes et toute son énergie à soutenir la cause sacrée de sa
patrie malheureuse, à réchauffer dans le cœur des exilés l'amour de
la terre natale, à forcer l'attention des étrangers et des indifférents
aux malheurs de sa nation opprimée, lorsque cet homme arrive au
seuil de la vieillesse, toujours droit et ferme dans la voie du devoir si
longtemps suivie, alors qu'il est doux à ceux qui l'ont suivi, à ceux
qui l'ont entendu, à ceux qu'animait son exemple, de s'arrêter un
instant et d'acclamer dans un élan du cœur, une longue vie de probité,
de travail et de dévouement patriotique !

. . . .

C'est avec l'héroïque insurrection de 1863 que commence la carrière
publique de M. Gasztowtt. Il veut, à peine au sortir de l'adolescence,
combattre pour sa patrie, et quand l'adversité éloigne les combattants
de la terre qu'ils voulaient défendre, M. Gasztowtt rentre en France,
seconde patrie pour tant d'exilés ; il rentre et commence cette sorte
d'apostolat que fut son existence, pour la langue, pour la littérature,
pour l'histoire de la Pologne, en un mot pour la connaissance et
l'amour de la patrie polonaise.

Une éducation soignée et d'abord presque uniquement française, le
goût profond de notre littérature, la connaissance de plusieurs langues étrangères, tout lui réservait dans notre enseignement une place
éminente, ou du moins, telle de ces situations moyennes, où se cou-
lent d'heureux jours, dans un travail modéré.

Le caractère de M. Gasztowtt n'était point fait pour ces douceurs
amollissantes, et au lendemain même des combats de Pologne et de
Lithuanie, il entreprenait la lourde et vaste tâche qui fut la sienne.

L'heure était grave, Messieurs ! La Pologne cruellement blessée,
abîmée dans la douleur, palpitante d'un spasme dont on ne pouvait
dire s'il était l'effet de ses meurtrissures profondes, ou le signe pitoya-
ble d'une fin prochaine, la Pologne pouvait apparaître vouée au silence
et peut-être à l'oubli.

Les plus braves, les plus valeureux de ses enfants suivaient en lamentables cortéges les routes interminables de la Sibérie, ou bien traqués, ruinés, ne trouvaient qu'un asile précaire dans l'amertume de l'exil.....

Mais tous étaient nourris dans le culte passionné de la Patrie malheureuse. A l'école des héros, des poètes, des orateurs et des historiens de la Pologne, ils avaient pris cette trempe de l'âme qui résiste aux coups les plus rudes de l'adversité ! Mickiewicz était leur bréviaire ; ses chants enflammés, ses imprécations et ses espoirs sublimes, soutenaient leur courage, et tous s'engageaient sur les traces de ce « Pélerin polonais qui a juré de marcher jusqu'à ce qu'il trouve la Terre-Sainte de la Patrie libre »............

C'est à faire passer dans la langue de son enfance les beautés et les grandeurs de la littérature et de l'histoire polonaises, que M. Gasztowtt a consacré tant d'années d'un labeur inlassable ; c'est à écrire, c'est à parler pour sa patrie, c'est à l'enseigner et à la glorifier qu'il a mis le meilleur de son courage et de son énergie.

Les œuvres les plus modestes, les plus ingrates, les plus incertaines en efficacité, n'ont jamais arrêté son action patriotique, patiente et persévérante.

Il arrive au couronnement de sa carrière avec la satisfaction légitime d'avoir fait du bien, d'avoir servi son pays et de n'avoir jamais reculé devant un devoir à accomplir.

Souhaitons, Messieurs, que le sentiment patriotique nous inspire toujours pareillement, et que pour la France, comme pour la Pologne, beaucoup de citoyens se rencontrent qui puissent se rendre la même justice.

Qu'il me soit permis enfin, Messieurs, dans ce jour qui consacre son œuvre de filiale piété pour la Pologne, d'unir le nom de M. Gasztowtt à celui de sa patrie et de crier : « Vive la Pologne ! Vive Gasztowtt ! »

Mowa Antoniego Szawklisa
na uczcie jubileuszowej

Szanowni Panowie!

Poprzedni mówcy wypowiedzieli słowa uznania za zasługi położone przez Szanownego Jubilata w dziedzinie literackiej. Jego literatura odznacza się tem, że nie jest ona, jak mówią, sztuką dla sztuki lub stylizacyą dla popisu literackiego, ale jest to wypowiadanie uczuć patryotyzmu głęboko odczutego, i można powiedzieć, że ani piórem ani słowem nigdy nie wypowiadał nic coby nienosiło charakteru narodowego polskiego.

Z powodu tego, że miałem szczęście być świadkiem prac Jego od lat przeszło 30-tu, zwrócę uwagę na działalność Szanownego Jubilata na innem polu jak literackie, to jest na polu społecznem. Już w 1879 roku uczęszczałem na odczytach mianych przez W. Gasztowtta w Towarzystwie Byłych Uczniów Szkoły Batignolskiej, wtedy już zażywał sławy doskonałego mówcy. — A w roku 1880, kiedy kółko młodzieży założyło chór śpiewu pod nazwą *Towarzystwa Filharmonicznego*, był pierwszym, który zrozumiał doniosłość jaką miało w swoim czasie to Towarzystwo, bo pieśnią polską wykonywaną chóralnie łączyło młodzież, występami zaś publicznemi podnosiło ducha przygnębionego po wypadkach 1870 w Kolonii Polskiej a również dalej przez zapoczątkowanie siłami amatorskiemi przedstawień teatralnych dawało sposobność spotykania się w większych gronach i przypominania dzieł z literatury dramatycznej polskiej. — Szanowny Jubilat zawsze i wszędzie służył radą, wskazówkami i czynem. Ile to razy czy to z okazyi obchodów narodowych, lub też na cel dobroczynny urządzanych uroczystości zawsze podnosił i zagrzewał ducha, zawsze znalazł temat zastosowany do okoliczności, trafny i pokrzepiający ducha. Ile też to wspomnień miłych, serdecznych a zawsze dążących do celu głównego, raz to poważne już to zabawne, jak ta komedyjka napisana przez Jubilata a zatytułowana «Wieczorek tańcujący w Paryżu», osnuta na tle życia kolonii paryskiej, do której wprowadza między innemi typ starego emigranta, który, żyjąc długo na prowincyi, po polsku zapomniał a po francusku się nie nauczył ale zawsze czuje i myśli jako prawdziwy Polak. Przypomnijmy także poważniejszy Dyalog napisany wierszem naśladowanym z Kochanowskiego, wygłoszony na jednej z wycieczek w parku St-Cloud a zatytułowany *Satyr na wygnaniu*. Pamiętam równie o innym Dyalogu wierszem napisanym z okazyi przywitania przez Polaków jego serdecznego przyjaciela, sławnego poety czeskiego Vrchlickiego i odegranym również w parku St-Cloud a zatytułowanym *Lech, Czech i Rus*. — Nieominął nigdy W. G. najmniejszej sposobności aby słowem i czynem zachęcać przez długie lata Towarzystwo Filharmoniczne, a następnie, kiedy to ostatnie przetworzyło się na Sokoła, niemniejszą opieką je otaczał. To też w dowód uznania składam życzenia, aby to się spełniło co sam proroczym duchem przepowiedział. Szanowny Jubilacie, przypominam sobie tę chwilę kiedyś pod kompozycyę Hymnu Polskiego ś. p. Pilińskiego na cztery głosy napisał słowa, w których każda strofka kończyła się zwrotką *Ale wolne będą nasze wnuki*, jest temu lat 30, są już i wnuki, które czekają spełnienia twojej przepowiedni i życzą abyś towarzyszył i prezydował nam na uczcie odzyskanej już wolności i swobody.

BIBLIOGRAPHIE
des travaux littéraires de V. GASZTOWTT
Dressée par R.-F. PUJKIS

Publications
parues en librairie, placées dans l'ordre chronologique

1861 Paris (Poulet-Malassis). — BRODZIŃSKI. *Message de la terre d'oppression aux frères exilés*. Traduction commencée par M. Kamieński, terminée par V. Gasztowtt, et imprimée dans « Miecislas Kamieński tué à Magenta. Souvenirs de voyage et de guerre ».

1869 Paris (Librairie du Luxembourg). — *L'Alliance franco-prussienne* (écrite en collaboration avec M. B. Swierszcz, mais publiée sans le nom des auteurs).

1870 Paris. — *Pogląd filozofów francuzkich XVIII wieku na sprawę polską* (Drukarnia Braci Rouge, Dunon, Fresné, ulica du Four-Saint-Germain, 43). Odczyt na posiedzeniu publicznem Tow. Pomocy Naukowej.

1870 Paris (Librairie du Luxembourg). — *Œuvres complètes de J. Słowacki*. Préface, notices et traduction (Les deux premiers volumes).

1870 Paris (Rouge, Dunon et Fresné). — Projet de revue littéraire et scientifique, dirigée par des fils d'émigrés polonais.

1877 Paris (Librairie du Luxembourg). — *Quelques réflexions sur la question d'Orient* (sans le nom de l'auteur).

1877 Paris (Reiff). — Revue polonaise. Programme.

1879 Paris (Jouaust). — *La Peste au Désert* de J. SŁOWACKI. Traduction en vers français dédiée à J. I. Kraszewski pour son jubilé.

1881 Paris (Calmann-Lévy). — *Le Poète polonais J. Słowacki*. Étude biographique et littéraire avec la traduction en vers du *Testament*, du *Tombeau d'Agamemnon*, de *En Suisse* et de la *Peste au Désert*.

1882 Paris (Zabieha). — *Satyr na Wygnaniu. Dryas* (Wiesz wygloszony na majówce w Saint-Cloud).

1883 Paris (Zabieha). — *Prolog* wierszem napisany przez S. E. dla przedstawienia amatorskiego na dochód funduszu żelaznego teatru narodowego w Poznaniu.

1884 Paris (Reiff). — *Thrènes de J. Kochanowski sur la mort de sa fille*. Traduction en vers français (Extrait du *Bulletin Polonais*).

1884 Paris (Zabicha). — *Prolog* przez P. W. Gasztowtta i *Wiersz* pani S. Duchińskiej (na rzecz powodzian).

1886 Paris. — *Bohdan Zaleski*. Notice biographique et littéraire (Extrait du *Bulletin Polonais*).

1887 Paris (Nieciuński). — *La Sainte Famille*, poëme de B. ZALESKI. Traduit en vers français par V. G.

1889 Paris (Calmann-Lévy). — *Konrad Wallenrod*, poëme d'A. MICKIEWICZ. Traduction en vers français.

1894 Paris (Delagrave). — *Notice, analyse, extraits d'Eschyle, Sophocle, Euripide* (2 volumes).

1894 Paris (Reiff). — *Balladyna*, tragédie de J. SŁOWACKI. Traduction française en prose (Extrait du *Bulletin Polonais*).

1896 Paris (Reiff). — *Lilla Weneda*, tragédie en 5 actes en vers de J. SŁOWACKI. Traduction française en prose (Extrait du *Bulletin Polonais*).

1899 Paris (Reiff). — *Thadée Soplitza* (*Pan Tadeusz*), poëme d'Adam MICKIEWICZ. Traduit en vers français (Extrait du *Bulletin Polonais*).

1901 Paris (Reiff). — *Mazeppa*, tragédie en 5 actes en vers de J. SŁOWACKI. Traduction française en prose.

1903 Lwów (dans le *Kuryer Lwowski*, nº 52). — *Pieśń niewolnika*, par Svatopluk CECH. Traduction du tchèque en polonais (*Début*).

1904 Paris. — *Pieśni z Tułactwa*, z muzyką St. Pilińskiego (*Hasło*, poésie d'ASNYK, traduction française de V. Gasztowtt; *Morts et Vivants*, poésie de V. GASZTOWTT (texte français et traduction polonaise); *De nos cendres un jour naîtra un vengeur*, poésie française de M. BUDZYŃSKI, traduction polonaise par V. Gasztowtt).

1906 Paris (Société Française d'Imprimerie et de Librairie). — A. CIESZKOWSKI. *Notre père*, T. 1er, introduction. Traduction par M. V. Gasztowtt et par le fils de l'auteur sur l'édition polonaise publiée en 1848.

1907 Paris (supplément au *Bulletin Polonais* du 15 mai). — Discours de R. Dmowski à la Douma sur la question agraire (2 avril 1907); du député Stecki sur le projet de budget, prononcé à la Douma (4 avril 1907); du député Żukowski sur le budget, prononcé à la Douma le 11 avril 1907, en réponse au Ministre des Finances M. Kokowcew; traduits par V. Gasztowtt.

1909 Paris (Librairie Armand Colin). — DMOWSKI. *La question polonaise*. Traduction du polonais, revue et approuvée par l'auteur.

1911 Paris (Imprimerie Polyglotte Reiff-Heymann). — *Œuvres de J. Słowacki*. 4e partie (*Beniowski, Le Père Marc, Le Songe d'argent de Salomée, Le Roi Esprit, A l'auteur des trois psaumes*). Traduction en prose.

Publications
faites en librairie sans la date de l'impression

Paris (Heymann et Guélis). — *Lech, Czech i Rus* (odegrano w St-Cloud podczas przyjęcia Vrchlickiego, w Sierpniu r. 1881).

Paris (dans le *Dictionnaire de Pédagogie et d'Instruction primaire*). — Les articles : *Pologne et les Ecoles en Pologne.*

Paris (Heymann et Guélis). — *Poésies franco-polonaises*, par S. E. (*Notre espérance, Morts et vivants, France et Pologne*).

Articles parus dans les journaux

1871-72. *Świt* (Lwów). — *Rozprawa literacka* ; *Poezya polska i francuzka w XIX wieku*; kilka korespondencji z Paryża.

1871-76. *Dziennik poznański.* — Korespondencje polityczne z Paryża podpisane S. E. (syn emigranta).

1874. *Tygodnik illustrowany* (Warszawa). — Kilka kronik paryzkich.

1875. *Ruch literacki* (Lwów). — *Sainte-Beuve o Mickiewiczu*; kilka korespondencji z Francji; *George Sand o Mickiewiczu.*

1879 (Lipiec). *Przegląd polski.* — Nowoznaleziony pamiętnik J. Słowackiego oraz odczyt o tym pamiętniku 3-go maja 1879 na walnem posiedzeniu Towarzystwa hist.-literackiego w Paryżu.

1881. — Odczyt o poecie czeskim Jarosławie Vrchlickym (*Przegląd polski*).

1881. *Kuryer Polski* (Paryż). — Przekład wierszem kilku utworów poetyckich Jar. Vrchlickiego.

1884 (Sierpień). — *Poezja europejska XVI wieku w stosunku do J. Kochanowskiego* (Rzecz czytana na w. p. T. h.-l. w P. 3-go maja 1884 r.) (*Przegląd polski*).

1886 (12, 19, 26 Sierpnia). *Ojczyzna* (Buffalo N.-Y.). — Odczyt wygłoszony w Paryżu na obchodzie 36-tej rocznicy śmierci J. Słowackiego.

1886. *Le Siècle* (Paris). — *Les expulsions des Polonais ordonnées par Bismarck*. Traduction espagnole du même article dans *El XIX Siglo* (Mexico, abril 1886).

25 Listopada 1887 — 10 marca 1888. *Głos polski.* Dwutygodnik (Paryż). Główne artykuły :

1) Emigracya polska.

2) Nasze dzieci.

4) Co mamy robić?

5) Kilka słów o literaturze.

7-8) Emigracya polska w Paryżu.

12) Dwudziesta piąta rocznica powstania styczniowego. Wiersze czeskie Vrchlickiego, tłómaczone wierszem polskim.

13) Przegląd polski o postawie Leona XIII-go względem sprawy polskiej.

22) Kwestye zasadnicze.

24) Po roku.

25) Gdzie mamy szukać sprzymierzeńców ?

27) Czem mogłaby być prasa emigracyjna?

28) Pesymizm polityczny.

29) Temu lat sto.

33) 29-ty Listopada.

1887-88. *Supplément* (français) *au Glos polski*, journal polonais paraissant tous les mois à Paris. Principaux articles :

1-2) La presse polonaise.

3) La presse française et les questions polono-slaves.

4) La Prusse et sa politique en Alsace-Lorraine et en Posnanie.

5) Un peu de polémique. M. Paul Déroulède et le tsar à Bougival.

6) Russomanie.

7) Un mot de réponse à la *Liberté*.

9) L'empereur mort, les nations vivantes.

10) Le Vatican et la Russie.

11) La Russie et les Slaves. — France et Pologne, poésie (traduite en vers polonais par Mme Séverine Duchińska). — Russes et Français, ou réponse du berger à la bergère.

13) Le voyage de Guillaume II à Pétersbourg. — Les Ruthènes et les Moscovites. — Encore la *Gazette Franco-Russe*.

14) Un jubilé et un monument russes.

15) Irlande et Pologne.

20-21) Réponse à la *Voce della Verita*.

20) Le Polonisme. — J.-J. Rousseau et la Pologne.

21-22-23) La littérature polonaise.

23) Le Centenaire de l'Exposition.

1890.— Encyklopedyja wychowawcza (Warszawa). Tome IV. Artykuł : Gałęzowski Seweryn (str. 339-345).

1891.— Le *Figaro* (6 mai), le *Temps* (8 mai). — L'émigration polonaise aux nations européennes à l'occasion du 100e anniversaire de la proclamation de la Constitution polonaise du 3 Mai 1791.

Prehled Slovansky : plusieurs correspondances de Paris (en langue tchèque).

1861 - - 1911

PROFESOROWI
WACŁAWOWI GASZTOWTTOWI

RADA SZKOŁY POLSKIEJ
W PARYŻU

Czcigodny Jubilacie!

Wieszcz nasz Adam, w proroczym natchnieniu powiedział:
„Dzieckiem w kolebce kto łeb urwał hydrze,
Ten młody – zdusi Centaury,
Piekłu ofiarę wydrze,
Do Nieba sięgnie po laury!...
Tyś poszedł tą drogą.

A gdy stałeś się:
Wielkich przodków naszych - synem niezbędnym.

Drogowskazem - pracy i czynu
Potężnym filarem - Ducha Narodowego
i Chlubą naszą na obczyznie!
My koledzy Twoi, z Rady Szkoły Polskiej w Paryżu, znając Twą pięćdziesięcioletnią
pracę literacką i społeczną, widząc ogrom trudów i serca które włożyłeś w wychowa-
nie Narodowe młodych pokoleń, z uczuciem serdecznej wdzięczności,
Bratnie składamy Ci dzięki.
A chcąc wskrzesić tradycyę przodków naszych, uchwalamy, że istniejące stypendyum
800.fr. przeznaczone dla ułatwienia wyższych nauk, uczniowi kończącemu chlubnie Szkołę
Polską w Paryżu, będzie nadal, każdego parzystego roku, nosić nazwę:

STYPENDYUM IMIENIA WACŁAWA GASZTOWTTA

Składając Ci kochany kolego, życzenia długich jeszcze lat
tak chlubnej pracy na niwie Narodowej i Społecznej,
z głębi serc naszych wznosimy te słowa:

Cześć Ci!-Cześć!

Prezes Rady:
Członkowie Rady: Sekretarz:

15. Luty
1912

Bulletin Polonais (Principaux articles)

1883 (N° 18). — *Marie-Casimire d'Arquien, reine de Pologne ; sa correspondance avec Sobieski avant son mariage.*

— *Ode pour le 10ᵉ anniversaire de la victoire de Jean III sous les murs de Vienne,* par KNIAŻNIN. Traduction en vers.

— (19). *Rapports littéraires de la Bohème et de la Pologne.*

1884 (20). — *Jean Sobieski et Jean Kochanowski (1683, 1584).*

— *Un gentilhomme polonais à Paris en 1679-1680.*

— *Victor de Laprade et Sigismond Krasiński.*

— *Morts et Vivants,* poésie (mise en musique par Stanislas Piliński).

— (23). — *La Triste Cracovienne,* élégie ukrainienne de B. ZALESKI. Traduction en vers.

1885 (24). — *Wiesław,* idylle cracovienne de C. BRODZIŃSKI. Traduction en prose.

— *Petit-Jean le Musicien,* nouvelle de H. SIENKIEWICZ. Traduction.

— (25). — *Extrait des mémoires d'un professeur libre de Posen,* nouvelle de H. SIENKIEWICZ. Traduction.

— (26). — *Victor Hugo et la Pologne.*

— (28). — *Souvenirs historiques (1386-1586-1886).*

1887 (32-33). — *Abraham Kitaj,* roman de S. KACZKOWSKI. Analyse et extraits de traduction.

— (33). — *J.-J. Kraszewski (1812-1887).*

— (34). — *Les débuts littéraires de J.-I. Kraszewski (1829-1839).*

— (35). — *Louis Kondratowicz (Lad. Syrokomla, 1823-1862).*

— *Histoire d'une créance de la France envers la Pologne.*

1888 (36). — *Projets d'avenir russo-allemands,* triptique, tiré des esquisses de J. ZACHARYASIEWICZ. Traduction.

— (37). — *La langue et la littérature lithuaniennes,* d'après J. HANUSZ. Traduction et adaptation du tchèque.

— (38-39). — *Varsovie.* Impressions de voyage de PRAWDA. Traduction du tchèque (d'*E. Jelinek*).

1890 (44). — *Le Dernier.* Esquisse varsovienne, E. JELINEK. Traduit du tchèque.

— (45). — Causerie littéraire (H. Sienkiewicz, Kaczkowski, Orzeszko, Rodziewicz).

— (47). — Causerie littéraire (*Biblioteka Warszawska, Przegląd polski, Ateneum,* 1ᵉʳ semestre de 1890).

1891-1892 (49 à 57). — *Stanislas Malinowski (1812-1890).* Biographie.

1891 (51-52). — *La Journée du 3 mai 1791.* Conférence faite à Paris le 3 mai 1891 par M. V. Gasztowtt. Traduite du polonais par Jules Jasiewicz.

1891 (53). — Causerie littéraire.
1892 (54-55-56-57-58-59).—Causeries littéraires.
1893 (61-64-65).   —   »   »
1894 (68-70-72-74-75-76).   »   »   .
1895 (79-80-81-82-84-85-88-89). — Causeries littéraires.
1896 (92-93-95-101). —   »   »
1897 (102-103-104-105-406-108-111-112).—Causeries littéraires.
1898 (115). —   »   »

Série d'études sur les ouvrages polonais parus dans cette période.

1892 (59). — *Mot d'ordre*, poésie d'Asnyk (Miejmy nadzieję). Traduction en vers (mise en musique par Stanislas Piliński).

1894.— Przywitanie członków honorowych na uczcie bratniej Stowa-rzyszenia Byłych Uczniów Szkoły Polskiej na Batignolles (4 lutego 1894). (Procès-verbal de l'Association, n° 57.) (Wiersz.)

— (67). — Poésie : *Courage !*

— (73). — Poésie : *Kościuszko et la Pologne en 1794*.

— (74). — *Les Primevères*, poésie d'Asnyk. Traduction en vers.

1895. — Toast en vers polonais et français entremêlés. (Procès-verbal de l'Association des Anciens Elèves de l'Ecole Polonaise, n° 59).

1895 (78). — *La Prière du Prisonnier*, poésie de C. Ujejski. Traduction en vers.

— (81). — *La Prière du père au baptème de son fils*, poésie de C. Ujejski. Traduction en vers.

— (82). — Poésie : *Espoir !* (mise en musique par Stanislas Piliński).

— (87). — *Prière à Dieu*, poésie de C. Ujejski. Traduction en vers.

1896 (98). — *Notre père*, poésie de C. Ujejski. Traduction en vers.

1897 (108-109). — *Henri Sienkiewicz*. Conférence faite à Paris le 12 juin 1897.

1899 (128). — *Nuit d'inspiration*, poésie de C. Ujejski. Traduction en vers (mise en musique par Stanislas Piliński).

1899 (131). — *Les Patries captives*, poésie (traduite en vers polonais par Séverine Duchińska).

— (135). — *Les Liserons*, poésie d'Asnyk. Traduction en vers.

— (136). — *Nous sommes tristes, ô Seigneur*, de C. Ujejski. Traduction en vers.

1900 (143). — *C. Brodziński*. Discours sur la nationalité polonaise. Tra-duction.

— (144). — IIIᵉ sonnet de *Crimée*, de Mickiewicz. Traduction en vers.

— (145). — *Les Rusałki ou les Ondines du Dniepr*, poème de B. Zaleski. Traduction en prose.

1901 (159). — *Pour les égarés*, poésie de C. Ujejski. Traduction en vers.

1902 (167). — *Jérémie à son peuple*, poésie de C. Ujejski. Traduction en vers.

— (171). — *Sur un fragment de la Psyché de Praxitèle*, poésie d'Asnyk. Traduction en vers (début).

— (172). — *Épitre de J. Słowacki à Alexandre Hoł. écrite sur le Nil*. Traduction en prose.

— (172). — *Notre Chaumière*, poésie de Marya Konopnicka. Traduction en vers.

1903 (182). — *L'aube du jour* (début), poésie de S. Krasiński. Traduction en vers.

1905 (208 à 217). — *Séverine Duchińska* (biographie).

1906 (228). — *Echos des bois*, nouvelle de Zych (Żeromski). Traduction.

— (229). — *Les funérailles de Kościuszko*, poésie de C. Ujejski. Traduction en vers.

— (232). — *En fermant les yeux pour ne pas voir*, Oswald Balzer. Traduction.

1908 (239). — Discours de R. Dmowski, prononcé à la Douma le 15 mai 1908. Traduction.

1909 (252).— Sur le projet d'un nouveau démembrement du Royaume de Pologne (question de Chełm). Conférence faite à Paris en juin 1909.

— (254). — *Introduction au « Pan Tadeusz »* d'A. Mickiewicz. Traduction en vers.

— (257). — Conférence sur le poète J. Słowacki, faite à Paris en novembre 1909, à la célébration du Centenaire de sa naissance.

1910 (263). — Discours prononcé au cimetière de Montmorency, le 21 mai 1910, par V. Gąsiorowski. Traduction.

— (263). — Discours du député W. Jablonowski à la Douma le 10 mai 1910. Traduction.

— (266-267-268-269). — *L'historien polonais C. Szajnocha et la bataille de Grünwald* (Notice et traduction).

1911 (272-273). — *A l'auteur des trois psaumes*, poésie de Słowacki. Traduction en prose.

1911 (275). — *Une interprétation de la Marche funèbre de Chopin*, poésie de C. Ujejski. Traduction en vers.

— (276-277). — *Quelques poésies de F. Faleński*. Traduction en prose.

— (279). — *Le Polemire ou l'illustre Polonois* (résumé d'un roman du xviie siècle).

— (280-281-282-283-284-285). — *L'Union (polono-lithuanienne)*, roman de J. Weyssenhoff. Traduction, en cours de publication.

— (281). — A *nos pères* (fragment), poésie.

— (282). — *Resurrecturis*, de Krasiński. Traduit en vers français.

Discours

1877 Paris (Reiff). — Discours prononcé à l'inauguration des plaques commémoratives en l'honneur des anciens élèves de l'Ecole, morts pour la Patrie (1863) et pour la France (1870).

1878 Paris (Reiff). — Mowa na obchodzie 15-ej rocznicy powstania narodowego z r. 1863.

1878. — Discours prononcé aux funérailles de Séverin Gałęzowski au cimetière du Père-Lachaise (Procès-verbal de l'Association des Anciens Élèves de l'Ecole Polonaise, 1878, n° 20).

1879 Paris (Reiff). — Discours prononcé à l'inauguration du monument élevé à l'Ecole Polonaise à la mémoire du Dr Séverin Gałęzowski et des bienfaiteurs de l'Ecole.

1883 Paris (Reiff). — Mowa na obchodzie dwóchsetnej rocznicy odsieczy Wiednia przez Jana III.

1884 (w *Kurjerze polskim* w Paryżu). — Mowa na obchodzie 54-ej rocznicy powstania Listopadowego w Paryżu.

1885-1888-1890. — Discours prononcés aux distributions solennelles des prix aux élèves de l'Ecole Polonaise.

1886 (w *Kurjerze polskim* w Paryżu). — Mowa wygłoszona na pogrzebie Bohdana Zaleskiego.

1887 Paris (Reiff). — Mowa wypowiedziana na pogrzebie W. Mazurkiewicza.

1888 Paris. — Toast na obchodzie 25-ej rocznicy powstania narodowego 1863 r.

1890 — Discours prononcé sur la tombe d'Emile Bojanowski ; Mowa nad grobem Stanisława Malinowskiego (Procès-verbal de l'Association des Anciens Élèves de l'École Polonaise, 1890, n°⁰ 49-50).

1893 Paris (w *Wolnem polskiem Słowie*). — Mowa na obchodzie 63-ej rocznicy powstania listopadowego w Paryżu.

1894 (w *Kurjerze polskim*). — Mowa o powstaniu Kościuszki miana na obchodzie stuletniej rocznicy.

1893-1896-1907-1909. — Mowy wypowiedziane na rozdaniu nagród uczniom Szkoły Polskiej w Paryżu.

1897. — Discours prononcé à Rapperswil à la cérémonie du transfert du cœur de Thadée Kościuszko (*Bulletin Polonais*, n° 110).

1898. — Discours sur la tombe de Jules Jasiewicz le 16 sept. (Procès-verbal n° 64, p. 21).

1900 Paris. — Discours prononcé à la distribution solennelle des prix aux élèves du Collège Chaptal.

1907. — Discours sur la tombe du Dr X. Gałęzowski, *Bulletin Polonais*, n° 225, avril 1907).

De nombreux discours, polonais ou français, improvisés à différentes cérémonies ou sur la tombe de nombreux compatriotes (entre autres Paul Landowski, Ign. Kozikowski, Louis Dygat, Ed. Pożerski en polonais, et F. Saniewski, Arthur Czernik et Stan. Karwowski en français) n'ont pas été recueillis, mais sont généralement mentionnés dans les *Variétés* ou *Nouvelles diverses* du *Bulletin Polonais* ou encore dans les procès-verbaux de l'Association des Anciens Élèves de l'École Polonaise.

Œuvres encore manuscrites

L'Aube (Przedświt) de S. KRASIŃSKI. Traduit en vers français en 1864.

Lettres de Krasiński à Gaszyński, traduites en 1864.

Extraits des œuvres posthumes de J. Słowacki, traduits partie en vers, partie en prose, en 1869-71.

Żmija, livret d'opéra, emprunté au poème de J. Słowacki, en vers français, mis en musique par Stanislas Piliński (1870-71).

A Paul Déroulède à propos de sa pièce intitulée l'*Hetman* (épitre en vers), 1877.

Wieczorek tańcujący w Paryżu. Komedja prozą przedstawiona w Paryżu przez Tow. Filharmoniczne (1882).

Prolog do drugiego przedstawienia (1883).

Żywot Adama Asnyka napisany z polecenia Tow. Szkoły ludowej w r. 1910.

Conversation avec Mokryna Mieczysławska, poème de Jules SŁOWACKI, traduit en vers français en 1910.

Souvenirs d'enfance et de jeunesse, écrits à différentes époques.

Poésies diverses en français et en polonais.

Autres manuscrits

Littératures française et polonaise comparées (moyen-âge et xvi⁰ siècle). Cours professé à l'Ecole Supérieure Polonaise de Montparnasse (1864-70).

Abrégé d'un cours de philosophie par demandes et réponses (préparation au baccalauréat ès-lettres), professé à l'Institution Duplessis-Mornay 1871-79) et à l'Ecole Polonaise des Batignolles).

Abrégé de l'histoire de la philosophie, professé ibid. (1871-1879).

Cours d'histoire littéraire (civilisation égyptienne, assyrienne, perse, grecque, romaine), professé au Collège Chaptal (1879-1900).

Histoire romaine, cours professé au Collège Chaptal (1879-1889).

Achevé d'imprimer
le quinze Mai mil neuf cent douze
à l'Imprimerie Polyglotte S. HEYMANN
3, Rue du Four, à Paris